BOUQUET DU PEUPLE

A S. M. CHARLES X,

ou la

SAINT-CHARLES,

COUPLETS A L'OCCASION DE LA FÊTE DU ROI,

Par Pierre COLAU.

Il fut mon colonel.
Couplet du garde national, page 8.

PARIS,

LIBRAIRIE D'ÉDUCATION DE A. J. SANSON,

Palais Royal, Galerie de Bois.

Et chez N. PICHARD, QUAI CONTI.

1824.

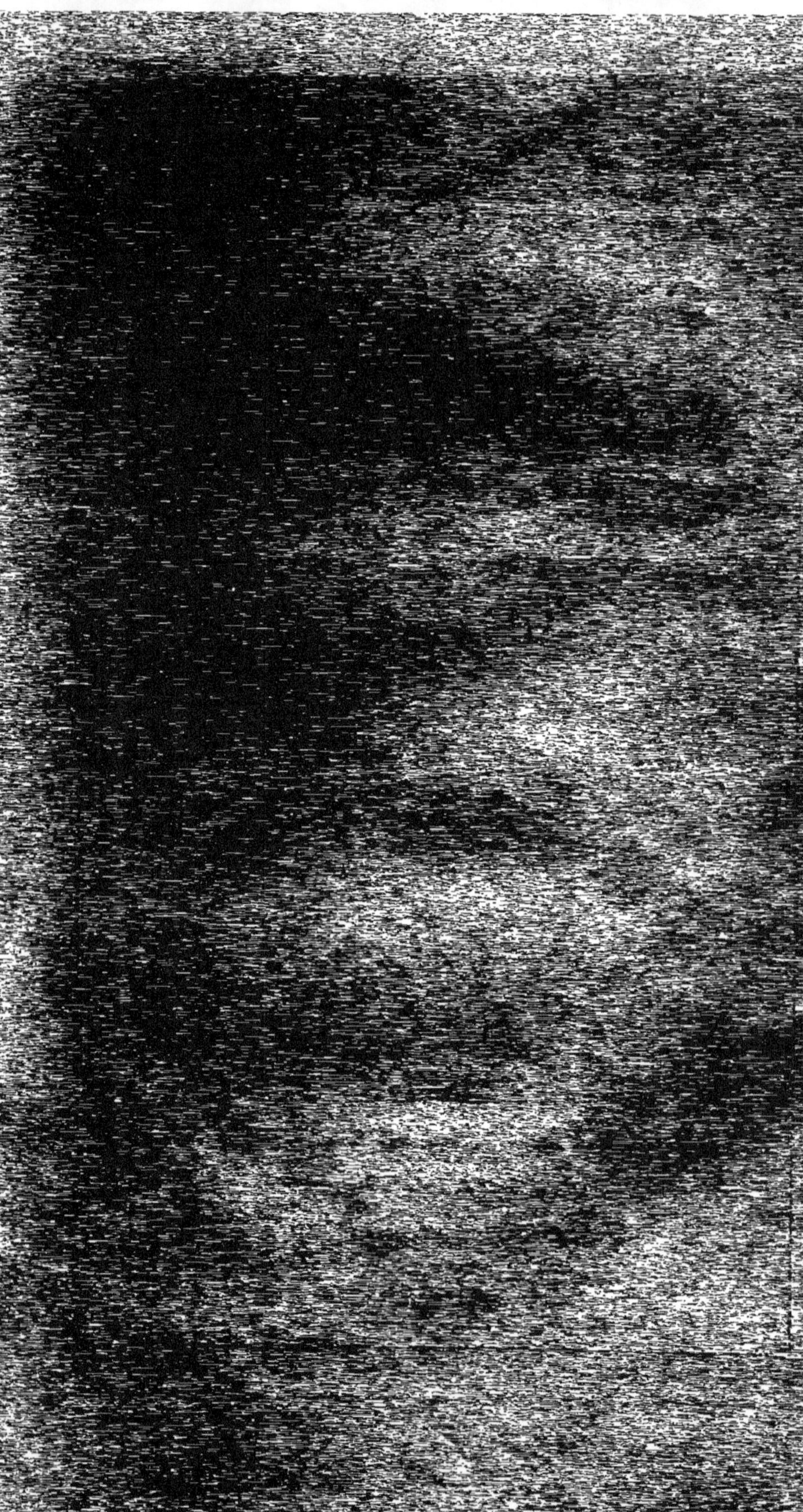

BOUQUET DU PEUPLE

A

S. M. CHARLES X.

CHARLES X,

Roi de France et de Navarre.

A Paris chez Ostervald l'ainé Editeur, Rue Pavée St. André des Arts No. 5.

BOUQUET DU PEUPLE

A S. M. CHARLES X,

OU LA

SAINT-CHARLES,

COUPLETS A L'OCCASION DE LA FÊTE DU ROI;

Par Pierre COLAU.

Il fut mon colonel. »
Couplet du garde national, page 6.

PARIS,

LIBRAIRIE D'ÉDUCATION DE A. J. SANSON,

Palais Royal, Galerie de Bois.

Et chez N. Pichard, quai Conti.

1824.

LA SAINT-CHARLES

ou

BOUQUET DU PEUPLE

A

S. M. CHARLES X.

UN VIEILLARD.

Air : *Tout Français garde la mémoire,*
De Gabrielle et de Henri.
Ou : *Je vais partir, Agnès l'ordonne.*

Quand des cœurs français l'allégresse
Par Charles s'augmente toujours,
Je crois voir, dans leur douce ivresse,
Renaître mes premiers beaux jours :
Pour célébrer du Roi la fête,
A ses vertus rendons honneur !
Qu'en sa course le temps s'arrête,
Et prolonge notre bonheur.　　　　*(Bis.)*

6

UN SOLDAT DE LA GARDE ROYALE.

Air : La Garde royale est là.

De ce Roi que l'on révère ,

Chantons l'amabilité ;

C'est en buvant à plein verre

Qu'il faut porter sa santé.

Du peuple il est l'espérance ;

C'est à qui le chérira :

Comme l'amour de la France ,

La valeur le soutiendra :

  Pour cela ,

  Pour cela ,

La garde royale est là.

UN GARDE NATIONAL.

Air : Chantons l'honneur français.

Il a juré de conserver la Charte ;

Il a juré de maintenir nos droits ;

Pour ses bienfaits , pour les maux qu'il écarte,

Que CHARLES soit le plus aimé des Rois !

Quand de mon cœur ma bouche est l'interprète,

 Ah! que dans ce jour solennel

 J'aime a penser, en célébrant sa fête,

 Qu'il fut mon colonel.   (*Bis*)

7

UN JOURNALISTE.

AIR : C'est un Bourbon.

CHARLES , supprimant la censure ;
Montre toute sa loyauté :
Il prend la route la plus sûre
Pour atteindre la vérité ,

    Lorsque la pensée
    N'est plus oppressée ,
Les méchans seuls sont dans l'effroi :
    Vive le Roi ! (bis.)

UN ARTISTE.

AIR : Tout ça marche en même temps.

Quand tout un peuple charmé
S'empresse de rendre hommage
Au Monarque bien-aimé,
Qui des Dieux offre l'image ;
Les Beaux-Arts , par sa prudence
Et par ses efforts constans ,
Le Commerce et l'Abondance ,
Tout ça marche (ter) en même temps.

8

UN FORT.

Air : *Un jour à Fanchon j'dis : ma fille.*

En qualité d'Fort de la Halle,
C'qui n'empêche pas d'être à jamais
Bon Français,
Brûlant d'une ardeur sans égale,
J'viens fêter c'Roi
Qu'est vraiment d'bon aloi ;
Qui porte une âme si loyale,
Et qu'est bon là
Tout d'même, à la papa.

UNE DAME DE LA HALLE.

Air : *Reçois dans ton galetas.*

Pour la Fête d'Charles Dix,
Tous les vœux doivent s'confondre ;
A nos chants Paris f'ra *bis*,
Et la France entièr' va répondre :
Vive à jamais c'Roi si bon,
Qui nous r'trace l'premier Bourbon ! (*Bis.*)

UN ARTISAN.

Air : *Dodo, l'enfant do, l'enfant dormira tantôt.*

Ah ! pour ce bon Roi que toujours

Le cœur de l'artisan s'épanche ;

Car en travaillant tous les jours,

Il peut boire un coup le dimanche :

Il peut, sans soucis, sans chagrin,

Se mettre en train par ce refrain :

Bon, bon,
Un Bourbon,

Dont l'âme est si noble et si franche,

Bon, bon,
Ce Bourbon

Mérite bien le nom de bon.

UN CULTIVATEUR.

Air : *Heureux qui dans sa maisonnette.*

Heureux l'habitant du village,

Quand il peut voir un Roi chéri ;

Plein du souvenir de Henri,

Il croit retrouver son image :

Comme ce *Roi des Paysans* (*),

____

(*) Surnom que la bienfaisante popularité de Henri IV lui avait fait donner.

Charles protège la culture,
Et veut, par ses soins bienfaisans,
Féconder (*bis*) la Nature.

LE VIEILLARD.

Air : *Charmante Gabrielle.*

Lorsque tout nous présage
Un heureux avenir,
Qu'enfin des temps d'orage
On perd le souvenir ;
Sous le meilleur des pères
Que les Français
Vivan t partout en frères,
Chantent la paix !

LE GARDE ROYAL.

Air *du vaudeville des Scythes et des Amazones,*

ou : *Contentons-nous d'une simple bouteille.*

Chantons la paix, oui, car dans notre France
Nul ne v oudrait la troubler désormais;
Et si dehors une hostile apparence......
Mais quoi! nos bras et nos foudres sont prêts ;

Notre DAUPHIN par sa rare prudence
Nous assure les plus heureux succès :
Chantons la paix, oui, car dans notre France
Nul ne voudrait la troubler désormais.

LE GARDE NATIONAL.

AIR : *Allons, prenons courage,*

Gloire au Roi qui, naguère,
A l'homme en fonctions,
Dit : « surtout, *point de guerre*
A des opinions. »
Etouffant la discorde
Par ces mots immortels,
Il veut qu'à la concorde   (*Bis*)
On dresse des autels.   (*Bis*)

LE JOURNALISTE.

AIR : *Je loge au quatrième étage.*

Quand sur le papier, sans contrainte,
L'homme peut épancher son cœur,
Et que le libraire, sans crainte,
Vend le produit de son auteur ; (*Bis.*)

Si les bonnes mœurs, la décence,
Se respectent dans les écrits,
De la liberté sans licence,
C'est alors qu'on sent tout le prix.   } *(Bis.)*

L'ARTISTE.

AIR : *Je suis français, mon pays avant tout.*

Déjà sur la toile respire
Mille images du souverain ;
Des Muses chaque amant aspire
A lui consacrer un refrain.   *(Bis)*

Que pour lui le marbre s'anime
Et que ses traits du temps restent vainqueurs !
Ces traits chéris d'un Roi si magnanime,
Ils sont gravés au milieu de nos cœurs !   } *(Bis.)*

Au milieu *(Bis)* de nos cœurs !
Au milieu *(Bis)* de nos cœurs !

LE FORT.

AIR : *De la Catacoua.*

De partis je n'veux plus qu'on m'parle ;
J'n'en connais qu'un, celui du Roi :
Allons, morbleu ! viv' not' Roi Charle !
Tous les brav' gens diront comm' moi :

Buvons, amis, à sa clémence,
Buvons surtout à sa bonté ;
A sa santé,
A sa gaîté,
Et pour long-temps à sa félicité ;
Sous lui n'y a plus d'cœur en démence,
Sourd aux accens de la vérité.

LA DAME DE LA HALLE.

AIR : *Des fanfares de Saint-Cloud.*

Lorsque toujours la tendresse
Nous guid' vers nos souverains,
Qu' nos cœurs , au milieu d'la presse,
Pour eux battent comm' nos mains ;
Charles qu'tout son peuple adore,
Dans c'beau jour dira : Français !
Mon bonheur s'accroit encore
D'l'allégresse d'mes sujets.

L'ARTISAN.

AIR : *Voilà la manière de vivre cent ans.*

L'idée est parfaite ;
Peut-on penser mieux ?
Ah ! que du Roi la fête
Rend nos cœurs joyeux :

Ce prince éclairé,

Repoussant les conseils sinistres,

Veut être entouré

De bons et de sages ministres :

Délivré de craintes,

Son cœur tout français,

Aux douces étreintes

Se livre a jamais.

LE CULTIVATEUR.

AIR : *Vive Henri Quatre.*

Sur la famille

De ce Roi si chéri,   *(Bis)*

Que toujours brille

La gloire de Henri,

Sur la famille

De ce Roi si chéri.

TOUS LES INTERLOCUTEURS ENSEMBLE.

AIR : *Un tonnelier vieux et jaloux.*

Louis vint et sécha nos pleurs,

Mais CHARLES, plus heureux encore,

Ne doit recueillir que des fleurs

Des mains d'un peuple qui l'adore.

Oui, pour le protégé des cieux,

Répétons ce refrain joyeux :

Nous l'aimons (*bis*) de bonne foi;

Vive à jamais, **VIVE LE ROI!!!**

FIN.

IMPRIMERIE DE SÉTIER,

Cour des Fontaines, N° 7, à Paris.